구름은 참 이상해

유 정 동시집

구름은 참 이상해

시와시

동심의 세계는 참으로 아름답습니다.

밤하늘의 별밭보다도 아름다운 세상입니다.

일에 지쳐 힘들 때도 동요 한 곡 부르고 나면 희망과 용기가 샘솟아납니다.

그래서 동시를 쓰는 작가들은 순수한 마음이 가득해서 그런지 나이를 거꾸로 먹는다고들 합니다.

그러나 언제부터인가 이처럼 아름다운 서정에 금이 가기 시작했습니다.

요즘 아이들은 컴퓨터게임을 친구하면서 자라고 있습니다.

그러다보니 동시·동화책은 한낱 장식품으로 자리를 하고 있습니다.

정말로 안타깝고 서글픔이 앞섭니다. 이 모두는 어른들이 저지른 잘못인 만큼 책임지고 풀어야 할 과제입니다. 이제부터라도 아이들이 책과 친구가 되는 좋은 환경의 기틀을 가꾸는데 다 함께 힘을 모아야 할 것입니다.

이런 마음에 작은 선물을 하나 포장했습니다. 아이들이 겉포장을 하나하나 벗기면서 간식을 먹는 마음처럼 즐거운 시간이 되었으면 좋겠습니다.

저자 유 정

차 례

둘

넷

하나

나무들이 옷 벗어

우리엄마 꿈속 같은 포근한 눈이
온 세상을 하얗게 만들었어요.
어여쁜 하늘나라 선녀님들이
나무들이 옷 벗어 추워 떨까봐
덮어주려 솜이불을 만들었나봐

우리아빠 마음 같은 넓은 들판을
새하얀 은빛으로 만들었어요.
어여쁜 하늘나라 선녀님들이
나무들이 옷 벗어 추워 떨까봐
덮어주려 은빛 옷을 만들었나봐

자연이 있기에

산위에 오르면 기분도 좋고
공해가 없으니 너무 좋아요
새소리 물소리 듣고 있으면
자연속의 고마움이 절로 느껴져
산토끼 다람쥐 노는걸 보면
동물원 가족이 된 것 같아요.
언제나 평화로운 자연 속에서
우리함께 산다는 게 정말 즐거워

예쁜 손 미운 손

아침 일찍 일어나면 건강에 좋고
청소하는 마음은 깨끗해 좋네.
줍는 손 예쁜 손 버린 손 미운 손
아이들도 어른들도 모두 나와서
이른 새벽 거리를 환하게 한다.

어른들께 예의범절 배워서 좋고
서로 돕는 마음은 즐거워 좋네.
줍는 손 예쁜 손 버린 손 미운 손
아이들도 어른들도 모두 정답게
이른 새벽 거리에 웃음꽃 핀다.

좋은 환경

푸른 숲이 우거지면 새소리가 정겨웁고
맑은 물이 흘러가면 고기떼가 보기 좋아요.
한 그루의 나무라도 보살피고 잘 가꾸면
자연환경 좋아지고 우리 편한 쉼터 되지요.
주위환경 더럽히면 우리 삶이 불편하고
잘 가꿔 논 좋은 환경 살기 좋고 행복하지요.

꽃과 나비

어여쁜 꽃잎 위에 나비 날아와
정답게 비밀얘기 소근 된다.
가만가만 나 혼자 엿듣고 싶은데
심술쟁이 그 바람 휭 하니 불어
나비가 깜짝 놀라 멀리 달아난다.

어여쁜 꽃송이에 나비 숨어서
둘이서 도란도란 얘기한다
살금살금 다가가 들으려 했는데
심술쟁이 그 바람 휭 하니 불어
나비가 깜짝 놀라 멀리 달아난다.

우리 무궁화

세상에는 수많은 꽃도 많지만
아름다운 무궁화는 우리나라 꽃
봄여름 가을겨울 계절도 없이
오천만의 가슴속에 피는 무궁화
무궁화 자랑스런 우리 무궁화
무궁화 꽃길을 함께 걸어요.

아름다운 무궁화 우리나라 꽃
삼천리에 피어나는 우리나라 꽃
봄여름 가을겨울 계절도 없이
오천만의 사랑 속에 피는 무궁화
무궁화 사랑스런 우리 무궁화
무궁화 꽃길을 함께 걸어요.

해바라기

하루 종일 해님만 바라보는
노란 해바라기 꿈은 무엇일까
하고 싶은 얘기가 너무 많아
그것이 알알이 씨가 되었나봐

하루 종일 해님과 함께 노는
키 큰 해바라기 노란꽃잎일까
마음속에 간직한 꿈이 많아
그래서 속이 다 변해 그런가봐

구름은

구름은 여행을 좋아하나 봐
끝없이 넓고 넓은 푸른 하늘을
혼자서 모두 다 구경을 하려
신비의 모험 길을 떠나가나 봐

구름은 그림을 좋아하나 봐
맘속에 그려놓은 생각 그대로
예쁘고 멋지게 그림을 그려
온 세상 사람들을 구경하란다.

가을비

솔 솔솔 가을비가 내려요
우산 없이 걸어도 좋은 비
솔 솔솔 가을 빗속을 걸으면
솔 솔솔 이야기가 들리는 듯해

솔 솔솔 가을비가 내려요
생각 없이 젖어도 좋은 비
솔 솔솔 가을비가 오는 길
숲속의 다람쥐 꿈꾸는 좋은날

냇물아

졸졸졸 시냇물 노래하면서
개울을 따라서 흘러갑니다.
졸졸졸 흐르는 물 따라 가면
저 넓은 푸른 강물 만나보겠지
냇물아 네 이름은 강이 되겠다.

졸졸졸 시냇물 맑은 그 물에
송사리 피라미 춤을 춥니다.
졸졸졸 시냇물 흘러 흘러서
강 건너 푸른 바다 너는 가겠지
냇물아 네 이름은 바다 되겠다.

옥수수

하얀 긴 수염에 키다리 옥수수
행여 라도 더러운 균 생길까봐
껍질을 겹겹이 싸고 또 싸서
알알이 비밀을 숨겨둔 채
하늘만 바라보며 웃고만 산단다.
아이들 생각만 하고 자란다

민들레

들길에 피어난 노란 민들레
혼자서 얼마나 외로워할까
아! 언제 왔는지 산들바람이
살랑살랑 춤추며 친구가 된다.

들길에 홀로 핀 노란 민들레
날마다 혼자서 심심할거야
아! 언제 왔는지 나비 한 마리
나풀나풀 춤추며 친구가 된다.

달맞이꽃

눈부시게 달맞이꽃 피었네.
달님 좋은 애기 친구 되고 싶어
밤하늘 쳐다보며 밤에만 피는 꽃

입을 다문 달맞이꽃 잠자나
이 한밤 다 새도록 달님 애기 듣다
피곤한 몸이 되어 아침에는 지는 꽃

단풍잎

파란파란 잎들이 울긋불긋 색동옷
모두 갈아입고서 예쁜 미소 지으니까
찬바람도 예뻐서 어루만져줍니다.
단풍잎이 춤추는 산에 산에 가보자

곱게 물든 단풍잎 누가 누가 예쁜가.
고운 맵시 뽐내며 자랑자랑하니까
해님도 예뻐서 어루만져줍니다.
단풍잎이 춤추는 산에 산에 가보자

은행잎

노랑노랑 노랑잎 노란 은행잎
그 많고 아름다운 고운 빛 중에
너는 너는 노란색만 좋아하느냐
우리 누나 저고리 노랑저고리
누나 따라 노란색만 좋아하느냐

노랑노랑 노랑잎 노란 은행잎
그 많은 오색빛깔 고운 색중에
너는 너는 노랑 옷만 입고 있느냐
우리 누나 저고리 노랑 저고리
누나 따라 노랑 옷을 입고 있느냐

개나리

언제 언제 피었나. 담장 위 개나리
노란 그 빛 물들여 저고리를 만들어
언니 시집갈 때 입었으면
그 모습 얼마나 예쁠까

누굴 보라 피었나. 장독 뒤 개나리
노란꽃잎 따다가 머리에다 꽂으면
노랑나비 날다가 꽃밭인줄 알고서
앉으려 하겠다.

아름다운 무궁화

예쁘고 착한 우리 마음처럼
아름다운 무궁화 꽃 피었습니다.
날마다 방긋방긋 웃는 얼굴로
우리나라 자랑하는 꽃이랍니다.

귀엽고 예쁜 우리 얼굴처럼
아름다운 무궁화 꽃 피었습니다.
날마다 방실방실 기쁜 얼굴로
우리나라 빛내주는 꽃이랍니다.

섬 아이가 그리워

바다가 출렁출렁 노래를 해요
가만가만 들어보니 슬픈 노래야
육지로 간 섬 아이가 자꾸 생각나
그리운 마음을 달래는 거래

바다가 철썩철썩 화가 났나봐
가만가만 들어보니 슬픈 얘기야
고향 떠난 섬 아이가 너무 보고파
그리운 마음을 달래는 거래

선풍기

아이 더워 아이 더워 무더운 여름철
닦아도 땀은 흘러 짜증이 나는구나.
그래그래 이럴 땐 좋은 친구가 있지
쌩쌩쌩쌩 찬바람을 불러일으켜
이마에 송글송글 맺힌 땀방울
시원하게 닦아주는 선풍기

사진기

찰칵찰칵 셔터 누르면
생긴 모습 그대로 찍혀 나오네.
사진은 정말 아름다운 것
내 모습 영원히 남겨 놓는 것.
찰칵찰칵 셔터 누르면
아름다운 내 모습 그려주는 화가

지난여름

파도 넘실 춤추는 그 바닷가에
친구와 정답게 모래성 쌓으며
뛰놀던 지난여름 그립습니다.
고깃배가 오가는 푸른 그 바다
물새들 춤추며 하늘 날으며
즐거운 그 여름을 노래하겠다.

아빠

인자하신 아빠 얼굴 그려보면
그림 속에 아빠가 웃고 있어요.
세상에서 내가 제일 예쁘다면서
언제나 사랑을 듬뿍 주시는
아빠아빠 우리아빠 정말 좋아요
서산해가 지고나면 아빠생각에
대문밖에 앉아서 기다립니다.
세상에서 내가 제일 귀엽다면서
언제나 꿈을 키워주시는
아빠아빠 우리아빠 정말 좋아요

방패연

높이높이 올라라 나의 방패연
얼레를 당기면 하늘높이 오르고
얼레를 풀으면 하늘 더 멀리 날아가고
내 마음에 꿈을 달고 나는 방패연
연아연아 높이 올라 더 높이 올라
아름다운 세상 구경 실컷 하여라

둘

그리운 고향

흘러가는 흰 구름 보면 문득 고향생각이나
멍하니 저 먼 하늘만 물끄러미 바라보다가
그리워 너무 그리워 눈시울만 적신다.
해 질 무렵 저녁놀 보면 소꿉친구 생각이나
멍하니 서산하늘만 넋을 잃고 쳐다보다가
보고파 너무 보고파 눈시울만 적신다.

꽃

밤사이 자라느라 힘이 들어서
땀을 많이 흘려서 목마르겠지
물을 떠 살며시 뿌려 주며는
꿀딱꿀딱 꿀딱꿀딱 맛있게 먹고
고맙다고 생긋생긋 웃고 있어요.

온종일 해님하고 뛰어놀아서
너무나도 힘들어 피곤하겠지
꽃잎을 살며시 어루만지면
간질잔질 간질간질 간지럽다고
하하호호 방글방글 미소 지어요

유리창에 호호

호호호 유리창에 입김을 불어서
내 작은 집게손가락으로
이름도 쓰고 그림도 그리는
재미있는 요술쟁이 도화지

호호호 유리창에 입김을 불면
멋지게 그린 그림 글씨가
하얗게 모두 지워져 버리는
재미있는 요술쟁이 도화지

가을 산

알록달록 단풍잎 고운 옷 입고
가을산은 부른다. 우릴 부른다.
산새소리 즐거운 아름다운 산
가을 산에 오르면 나도 단풍잎

울긋불긋 단풍잎 곱게 입은 산
우리들을 오라고 손짓을 한다.
산 메아리 정겨운 꿈이 있는 산
가을 산에 오르면 나도 단풍잎

키가 크려면

나무
나무가 큰다.
잘도 큰다.
하늘 높은 줄 모르고 키다리가 되어간다
나도 나무처럼 빨리 크고 싶다
꼬마 꼬마 그 소리가 듣기 싫다.
정말 나무는 무얼 먹 길래
잘도 크는 걸까?
지나던 바람이 살짝 말한다.
좋은 생각 예쁜 꿈만 있어 그렇다고
알았다
나무처럼 키가 크려면
나쁜 생각 다 버리고
예쁜 꿈만 가져야겠다.

씽 씽씽

씽 씽씽 씽 씽씽 바람이 분다.
낮잠 자는 허수아비 잠을 깨우고
호호호 해해해 놀려 대면서
들 건너 산 넘어 달려서간다

씽 씽씽 씽 씽씽 바람이 분다.
벼를 먹는 참새 떼들 혼을 내주고
용용용 메롱 약을 올리며
물 건너 강 건너 신나게 간다.

메아리

높은 산에 올라서서 야호야호 소리치면
저 산 너머 메아리가 야호야호 대답한다.
야호야호 야호야호 정말 우습구나.
야호야호 야호야호 정말 우습구나.

높은 산에 올라서서 나야나야 소리치면
저 산 넘어 메아리가 나야나야 따라한다
야호야호 야호야호 정말 재미있구나.
야호야호 야호야호 정말 재미있구나.

나팔꽃

줄 줄줄 줄을 타고 올라서서
곱게 곱게 꽃을 피우고
보는 사람 없어도 나팔꽃은
따따따 따따따 나팔 붑니다
따따따 따따따 나팔 붑니다

대 대대 대롱대롱 매달려서
곱게 곱게 꽃을 피우고
구경꾼은 없어도 나팔꽃은
따따따 따따따 음악회를 엽니다.
따따따 따따따 음악회를 엽니다.

고무지우개

삐뚤삐뚤 아무렇게나 글씨 써놓으면
밉다고 박박박 지워버리고
다시 한 번 또박또박 잘 써보라고
엄마같이 타이르는 고무지우개

얼렁뚱땅 엉뚱하게 답을 써 놓으면
틀렸다고 박박박 지워버리고
다시 한 번 정신차려 생각하라고
선생님이 되어주는 고무지우개

시골 외갓집

음메음메 송아지 엄마를 찾고
솔바람 들꽃 향기 가득한
수양버들 늘어진 냇가에 앉아
삘리리 삘리리 풀피리 부는
외갓집 시골이 그립습니다
아! 내가 사는 빌딩숲 도시
매연 공해 고통 속에 살고 있는데
왜 우리는 알면서도 시골처럼 좋은 환경 만들 수
없나요

우리의 터전

누가 누가 본다고 질서 지키고
누가 누가 안 본다고 오물 버리나
내 주위에 환경이 더렵혀지면
우리는 우리는 이제 어찌 살아요
산과들에 나무심고 꽃도 가꾸어
벌 나비 날아들고 산새들 우는
그것이 아름다운 우리의 강산
그것이 자랑스런 우리의 터전

아름다운 세상

별빛은 내 동생 눈빛 같고요
꽃잎은 누나의 얼굴 같아요
새소리는 나의 목소리 같고요
바다는 엄마의 마음 같아요
저 하늘은 아빠의 마음 같지요
자연은 늘 우리와 함께 있어
우리 사는 세상은 아름답지요

노을은 화가의 그림 같고요
구름은 잠자는 이불 같아요
개나리는 노랑 병아리 같고요
나무는 자라는 아이 같아요
저 호수는 평온한 내 집 같지요

자연은 늘 우리와 함께 있어
우리 사는 세상은 아름답지요

나무 심으면

한 그루 나무 심는 마음 얼마나 고와
아름다운 이 강토 이 강산에
너 나 우리 모두 나무 심으면
푸른 숲 우거져 얼마나 멋져
새들이 지저귀고 공해가 없는
깨끗한 우리환경 얼마나 좋아

한 그루 나무 심는 마음 얼마나 예뻐
살기 좋은 이 강토 이 강산에
너 나 우리 모두 꽃을 심으면
꽃동산 이뤄져 얼마나 멋져
벌 나비 날아들고 공해가 없는
깨끗한 우리 환경 얼마나 좋아

예쁘게 웃게

어여쁜 꽃들이 먼지가 쌓여
예쁜 모습 자랑할 수 없데요
비야 비야 비야 내려라
나쁜 먼지 네가 네가 씻어주어라
꽃잎 방긋 어여쁘게 예쁘게 웃게

귀여운 새들이 공기가 탁해
고운노래 부를 수가 없데요
바람 바람 바람아 불어라
탁한 공기 네가 네가 없애 주거라
새들 짹짹 즐겁게 노래 부르게

겨울밤

겨울밤 긴긴밤
눈 내리는 밤
온돌방에 앉아서도
우리들은 추운데
산에 사는 멧새들은
어디에서 잘까요.

겨울밤 추운 밤
바람 부는 밤
이불 덮고 누워서도
우리들은 추운데
산에 사는 산토끼는
어디에서 잘까요.

구름은 참 이상해

구름은 참 이상해 심술꾸러긴가 봐
화가 나면 무서운 성난 얼굴로
해님을 못나오게 자꾸 가려요

구름은 참 이상해 장난꾸러긴가 봐
즐거우면 정다운 고운얼굴로
해님과 같이 놀고 싶어 구름 거둬요

구름은 참 이상해 예쁜 마음 됐나봐
곡식들이 애타게 목말라 하면
어느새 비가 되어 물을 주어요

참말 이상해

거울은 참말 이상해
내 얼굴에 조금만 때가 묻어도
미운 내 얼굴을 보여주면서
거울 은 거울은
깨끗한 내 모습이 보기 좋데요

거울은 참말 신기해
내 기분이 안 좋아 화나있으면
성난 내 모습을 보여주면서
거울 은 거울은
미소 진 내 얼굴이 예뻐 좋데요

하늘은

하늘은 해님에 고향일까
하늘은 달님에 고향일까
아니아니 별들도 있잖아
하늘 높고 푸른 하늘
언제나 우리들의 마음의 고향

하늘은 구름에 고향일까
하늘은 눈비에 고향일까
아니아니 E.T도 살잖아
하늘 높고 푸른 하늘
언제나 우리들의 마음의 고향

빨랫줄

하루 종일 주렁주렁 옷을 걸쳐도
빨랫줄은 팔도 아프지 않은가봐
바람에 살랑살랑 춤을 추면서
예쁜 옷을 입었다고 좋아하나봐
빨래 줄은 빨랫줄은 우리 집 멋쟁이지

하루 종일 무겁게 옷을 걸쳐도
빨래 줄은 팔도 아프지 않은가봐
햇볕이 내려쬐도 괜찮다면서
고운 옷을 입었다고 자랑하나봐
빨래 줄은 빨랫줄은 우리 집 멋쟁이지

소낙비는 심술 비

꽃잎이 젖으면 아파 울까봐
이슬비는 소리 없이 내리는데요.
소낙비는 심술 비 마음 나쁜 비
예쁜 옷 새 신발을 젖게 하지요

아기 새 잠잘 때 잠이 깰까봐
보슬비는 소리 없이 내리는데요.
소낙비는 심술 비 마음 나쁜 비
아빠가 오실 길에 뱃길 막아요.

전보

한겨울 씽씽씽 눈보라치는 밤
전보요 전보요 대문을 두드리며
우체부 아저씨가 부르는 소리
어떤 소식일까 마음 급히 나가니
아빠가 오신다는 기쁜 그 소식
아저씨 아저씨 우체부 아저씨
추운 날에 정말 너무 고맙습니다.

팽이

뱅글뱅글 팽이가 잘도 돈다.
한참을 신나게 돌더니
비틀비틀 넘어지려 한다.
아이는 팽이채로 다시 친다
팽이는 뱅글뱅글 다시 돈다
참말로 이상하지
맞아야 때려야만 자꾸 돈다.

빛

내 동생 울 때

밤하늘 예쁘게 빛나는 별은
내 동생 잠깨어 배고파 울 때
천사들이 주려는 별 과자 같아
주머니에 하나 가득 담고 싶어요.

온 세상 하얗게 내리는 눈은
내 동생 잠깨어 배고파 울 때
선녀들이 주려는 솜사탕 같아
바구니에 하나 가득 담고 싶어요.

비

친구들과 술래잡기 놀고 싶은데
아이정말 난 몰라 비는 왜오나
곡식들이 물 먹고 잘 자라라고
그래그래 그래서 물주는 거야.
그렇다면 정말이지 고마운 비야

공놀이를 하자고 약속했는데
아이정말 속상해 비는 왜오나
나무들이 물 먹고 어서 크라고
그래그래 그래서 물주는 거야
그렇다면 정말이지 고마운 비야

할미꽃

나이도 어린데 나보다 어린데
힘없이 허리 굽은 할미꽃이 되었나.
나이도 안 먹고 할머니라니
말은 안 해도 무척 속이 상할 거야.
호호백발 할미꽃아 허리 한번 펴보렴

나이를 먹어서 어른이 되어야
머리가 희어져 할머니가 되는데
나이도 안 먹고 할미꽃이니
말은 없어도 정말 맘이 아플 거야.
호호백발 할미꽃아 허리 너무 아프지

그림일기장

매일 내가 쓰는 그림일기장
끙끙끙 쓸 때는 힘이 들지만
예쁘게 커가는 내 모습입니다.

매일 내가 쓰는 그림일기장
후후후 그릴 땐 땀도 나지만
귀엽게 자라는 내 모습입니다.

꽃이 피어

꽃이 꽃이 곱게 피어 고운향기 내뿜으며
나풀나풀 나비 친구 어서 오라 손짓한다.
꽃이 꽃이 활짝 피어 방긋방긋 미소 지니
나풀나풀 춤을 추며 나비들이 모여든다.

달님

달님은 다정한 내 동무예요
엄마의 심부름 다녀올 때면
어두워서 다칠까봐 뒤따라와요

달님은 정다운 내 동무예요
어두운 밤길을 나 혼자 가면
무서워서 겁날까봐 뒤따라와요

겨울

눈 내리는 겨울밤은 정말 좋아요
내 마음도 눈처럼 하야니까요
세상 모든 사람들이 하얀 눈처럼
하얀 마음뿐이라면 살기 좋겠네.

집안에도 골목에도 눈이 내리면
내 마음도 하얗게 눈처럼 되네.
이 세상이 어디든지 하얀 눈처럼
하얀 마음 되었으면 정말 좋겠다.

가을

코스모스 꽃길을 그림 그려요
오곡백과 들녘도 곱게 그려요
이 가을이 다가면 아쉬우니까
풍성한 가을을 노래 불러요

곱게 물든 단풍잎 그림 그려요
알밤 대추 다람쥐 집도 그려요
이 가을이 다가면 아쉬우니까
풍성한 가을을 노래 불러요

가을편지

아! 가을 가을 왔다고.
저 산 단풍잎 편지를 쓰면
들판에 곡식들도 무르익어
농부 아저씨들 즐겁게 한다

아! 가을 가을 왔다고.
길가 코스모스 소식전하면
맛좋은 과일들도 살이 통통
우리 마음들을 즐겁게 한다.

바 다

파도가 출렁출렁 푸른바다는
갈매기와 노래자랑 하고 있나봐
바다야 바다야 너는 좋겠다.
날마다 너는 너는 노래하니까

파도가 철썩철썩 푸른바다는
바위돌과 힘센 자랑하고 있나봐
바다야 바다야 너는 좋겠다.
날마다 너는 너는 운동하니까

내 마음 꿈나라

별을 보면 내 마음은 꿈나라 가지
저 하늘 꿈나라엔 누가 있을까
어여쁜 천사들만 살고 있을까
개구쟁이 아이들도 놀고 있을까

별을 보면 내 마음은 꿈나라 가지
저 하늘 꿈나라엔 무엇 있을까
오색 빛 무지개만 피어있을까
개나리 살구꽃도 피고 있을까

생각

언제나 내 마음은 요술나라지
나 혼자 가만히 저 하늘 보며
다리 놓아 가고 싶어 생각을 하면
어느새 흰 구름 나를 태우고
두둥실 하늘나라 여행 떠나지
친구들아 나를 따라 함께 가볼래

언제나 내 마음은 신기도 하지
나 혼자 가만히 저 하늘 보며
예쁜 집과 꽃나무를 그리려 하면
어느새 저녁놀 곱게 물들어
동화의 그림책이 만들어지죠
친구들아 달려와서 구경 하렴아

비누방울

내가 만든 비누방울 바람타고서
하늘높이 날아간다. 두둥실 떠간다.
방울아 방울아 비누방울아
아기천사 만나면 나도 부르렴.

내가 만든 비누방울 구름 따라서
하늘높이 노래하며 춤추며 간다.
방울아 방울아 비누방울아
별나라에 가거든 나도 부르렴.

수박

천사들이 예쁜 우리누나처럼
수박도 수줍음이 많은가 봐요.
잘생긴 해님이 바라보니까
잘생긴 해님이 바라보니까
그만 그만 수줍음에 빨개졌나봐

선녀같이 예쁜 우리 언니처럼
수박도 부끄럼이 많은가 봐요
잘생긴 해님이 바라보니까
잘생긴 해님이 바라보니까
그만 그만 부끄럼에 빨개졌나봐

포 도

포도송이 주렁주렁 애기 주머니
가까이 귀를 대면 소곤거리며.
정답게 시골소식 주고받지요
새콤하고 달콤한 맛좋은 포도

포도송이 주렁주렁 애기 보따리
살짝 한 알 따서 입에 물면
향긋이 시골 내 음 베어 나오죠.
새콤하고 달콤한 맛좋은 포도

칠판

칠판 은 칠판은 이상도 하지
선생님이 글씨 쓰면 정말 예쁜데
우리들이 글씨 쓰면 삐뚤삐뚤해
칠판은 선생님의 마음 인가봐.
칠판은 요술을 부리는가봐

칠판 은 칠판은 정말 신기해
선생님이 그리며는 예쁜 그림이
우리들이 그리며는 못난이 되네.
칠판은 선생님을 알고 있나봐
칠판은 요술을 부리는가봐

소 풍

소풍가는 전날은 기분이 좋아
빨리 가고 싶어서 잠이 안와요
엄마가 싸주신 맛있는 음식
가죽 배낭 하나 가득 둘러메고서
산새들이 노래하는 들로 산으로
학우들과 정답게 손에 손잡고.
선생님을 따라서 소풍갑니다.

소풍가는 전날은 마음 설레어
빨리 가고 싶어서 잠을 못자요
아빠가 사주신 맛좋은 과일
가죽 배낭 하나 가득 둘러메고서
꽃과 나무 자라나는 들로 산으로

학우들과 정답게 손에 손잡고
선생님을 따라서 소풍갑니다

냉장고

맛있는 음식들이 상해버리면
엄마가 맘 아파 속상할까봐
피곤해도 쉬지 않고 일을 하나봐
냉장고는 좋은 일만 하고 있어요.

우리가 좋아하는 얼음과자가
행여나 녹아서 못 먹을까봐
피곤해도 놀지 않고 일을 하나봐
냉장고는 좋은 일만 하고 있어요.

허수아비

참새들이 몰래 와서 벼 먹을까봐
허수아비 팔 벌리고 홀로 섰는데
바람이 흔들 밀짚모자를 벗기려 애쓰지만
허수아비 안 된다고 고개저어요

참새들이 날아와서 벼를 먹는데
허수아비 피곤해서 잠들었나봐
어디서 왔나 고추잠자리 코를 물어 놀라 깨니
참새들은 잡힐까봐 도망을 가요

바람

바람 은 바람은 이름도 많지
산바람 강바람 들바람 회오리바람
바람 은 바람은 별명도 많지
아지랑이 봄의 언덕 솔솔바람 봄바람
매미 울 때 스쳐가는 남풍바람 여름바람
코스모스 춤을 추는 산들바람 가을바람
온 몸을 오싹오싹 고추바람 겨울바람
바람 은 바람은 진짜 이름이 뭘까

거울

거울은 언제나 내 모습이죠.
얼굴을 찡그리면 찡그린 모습
생긋이 웃어보면 미소 진 얼굴
내 표정 짓는 대로 따라하니까
내 마음 비쳐주는 거울 없을까
엄마를 생각하면 엄마의 모습
아빠를 생각하면 아빠의 모습
마음을 비쳐주면 정말 좋겠다.

친구생각

푸른 잔디 홀로 누워 하늘을 보면
내 마음 구름타고 둥실 떠간다.
강 건너 저 산을 넘고 넘으면
고향 떠난 내 친구 그 어딘가에
손짓하며 나를 반길 것 같아

서산마루 해는 뉘엿 지려하건만
내 마음 더 멀리로 떠나고 있네.
뛰놀던 내 친구 나를 보면
깡충 뛰며 좋아 반겨줄 텐데.
친구 생각 그리워서 눈물납니다.

넷

누가 있길래

하늘엔 하늘엔 누가 있길래
어쩌면 저렇게도 잘도 그릴까
반짝 반짝 빛나게 별을 그릴까
그림책에 아기별아 너도 빛나렴.

하늘엔 하늘엔 누가 있길래
어쩌면 저렇게도 솜씨 좋을까
둥실 둥실 떠가게 구름 만들까
그림책에 꽃구름아 너도 떠가렴.

귀뚜라미

귀뚤귀뚤 귀뚜라미 누구 때문에
귀뚤귀뚤 귀뚜라미 울고 있을까
바람이 가다가 갈길 멈추고
귀뚜라미 슬픈 사연 묻고 있나봐

귀뚤귀뚤 귀뚜라미 무슨 사연에
귀뚤귀뚤 귀뚜라미 슬퍼서 우나
달님이 지나다 발길 멈추고
귀뚜라미 슬픈 마음 달래주나봐

달력엔

일주일은 칠 일 한 달은 삼십 일
일 년은 삼백육십오 일
일 년은 열두 달
사계절은 봄 여름 가을 겨울
요일은 월 화 수 목 금 토 일
달력 엔 달력엔 모든 것이 다 있다

우리 선생님

얼굴도 예쁜 우리 선생님
공부시간 한눈팔고 말 안 들으면
아이고 무서워 호랑이로 변하지만
엄마 같은 우리우리 선생님
나는나는 세상에서 제일 좋아요

얼굴도 미남 우리 선생님
놀기 좋아 공부 안 해 점수 나쁘면
아이고 무서워 호랑이로 변하지만
아빠 같은 우리우리 선생님
나는나는 세상에서 제일 좋아요

구 름

저것 봐요 구름은 요술쟁이지
조금 전엔 아빠 곰을 그려 놓더니
지금은 아기사슴 그려 놓았네.
구름아 아빠 모습 그려 보렴아
저것 봐요 구름은 요술쟁이지.
조금 전엔 엄마 곰을 그려 놓더니
지금은 솜사탕이 되어 버렸네.
구름아 엄마 모습 그려 보렴아

아기염소 엄마염소

아기염소 엄마 찾아 메~에
엄마염소 아기 찾아 메~에
푸른 들판에서 서로 정답게
메~에 메~에 노래 부른다

아기염소 배고프다 메~에
엄마염소 젖 먹어라 메~에
푸른 들판에서 서로 다정하게
메~에 메~에 합창을 한다.

진달래

온 산을 곱게 곱게 물들여 놓고
저 고운 진달래 우릴 부른다.
한겨울 묻어둔 숨은 그 얘기
따뜻한 봄빛 속에 마음을 열고
우리 맘껏 즐겁게 얘기하잔다

온 산을 꽃잎으로 수놓아 놓고
저 고운 진달래 우릴 부른다.
지난해 못다 한 남은 그 얘기
화사한 봄빛 속에 마음을 열고
우리 맘껏 신나게 노래하잔다.

들국화

길가에 노랗게 핀 들국화야
너 혼자 외롭게 홀로 피어서
밤새도록 이슬 젖어 눈물 흘리나
친구가 그리워서 울고 있느냐
아이 참 바보 같아 눈물 닦으렴.
누가 보면 부끄러워 어찌 하려나
솔솔 부는 바람도 너의 친구고
훨훨 나는 새들도 너의 친구고
너를 예뻐하는 나도 너의 친구야

나무

나무야 나무야 누가 더 크나
우리 서로 키재보자 내기해보자
일 년 전엔 내가 커서 자랑했는데
몇 년지나 다시 재니 내 키 보다 커
무얼 먹고 그렇게도 잘도 자랐니.
나무는 이겼다고 두 손을 번쩍

나무야 나무야 누가 힘세나
우리서로 힘 겨루자 내기해보자
일 년 전엔 내가 힘세 자랑했는데
몇 년지나 힘 겨루니 내 힘 보다 세
무얼 먹고 그렇게도 잘도 자랐니.
나무는 이겼다고 두 손을 번쩍

우리 꽃동산

아름다운 우리나라 살기 좋아서
무궁화 꽃 이 땅에 피었습니다.
무궁화 무궁화 우리나라꽃
무궁화 무궁화는 우리 꽃동산

아름다운 무궁화 꽃 우리나라 꽃
아기들이 좋다고 피었습니다.
무궁화 무궁화 우리나라 꽃
무궁화 무궁화는 우리 꿈동산

낙서

누가 누가 나무에다 이름 새겼나
나무가 아파서 울고 있나봐
나무야 우리가 보살펴 줄게
나쁜 사람 미운사람 혼을 내줄게.

누가 누가 바위에다 글을 새겼나
바위가 아파서 울고 있나봐
바위야 우리가 보살펴 줄게
나쁜 사람 미운사람 혼을 내줄게.

돼지 저금통

꿀꿀꿀 꿀꿀꿀 돼지 저금통
땡그랑땡그랑 밥을 주며는
꿀꿀꿀 꿀꿀꿀 꿀맛이라며
고맙다고 인사하며 방긋 웃어요.

꿀꿀꿀 꿀꿀꿀 돼지 저금통
땡그랑땡그랑 밥을 안주면
쪼르륵 쪼르륵 배고프다고
밥을 달라 소리치며 야단이지요.

봄

봄
봄
봄의 그림책을 펼쳐보아요
담장 밑 노란개나리 활짝 피어나
누나와 옷맵시 자랑합니다.
먼 산 아지랑이 속에
진달래 활짝 피어나
아가와 예쁜 모습 자랑합니다.

코스모스

가을이 좋아
피어난 코스모스
넓은 들판을
더 많이 보고 싶어 키가 컷나 보구나.
저
산들 바람도
너와 함께 춤추고 싶어 달려왔나 보구나.
해맑은
너의 눈빛에
하늘도 더 맑고 푸른가 보구나.
아! 가을
가을이 좋아
코스모스 피었다 꽃이 지는데

귀뚤이는
아름다운 이 계절에 왜 그리 슬피 우는 걸까

몽당연필

난
아이들을 만나게 되면
그 동심 속에 아이가 되어 산다.
난
어른들을 만나게 되면
그 마음속에 어른이 되어 산다
난
아이들의 푸른 생각 속에 커져가고
어른들의 아름다운 추억으로 피지만
난
모습이 자꾸 작아만 진다.
갓난아이로 변해간다
싫든 좋든 내 맘대로 살수 없다

난
몽당연필이기 때문이다

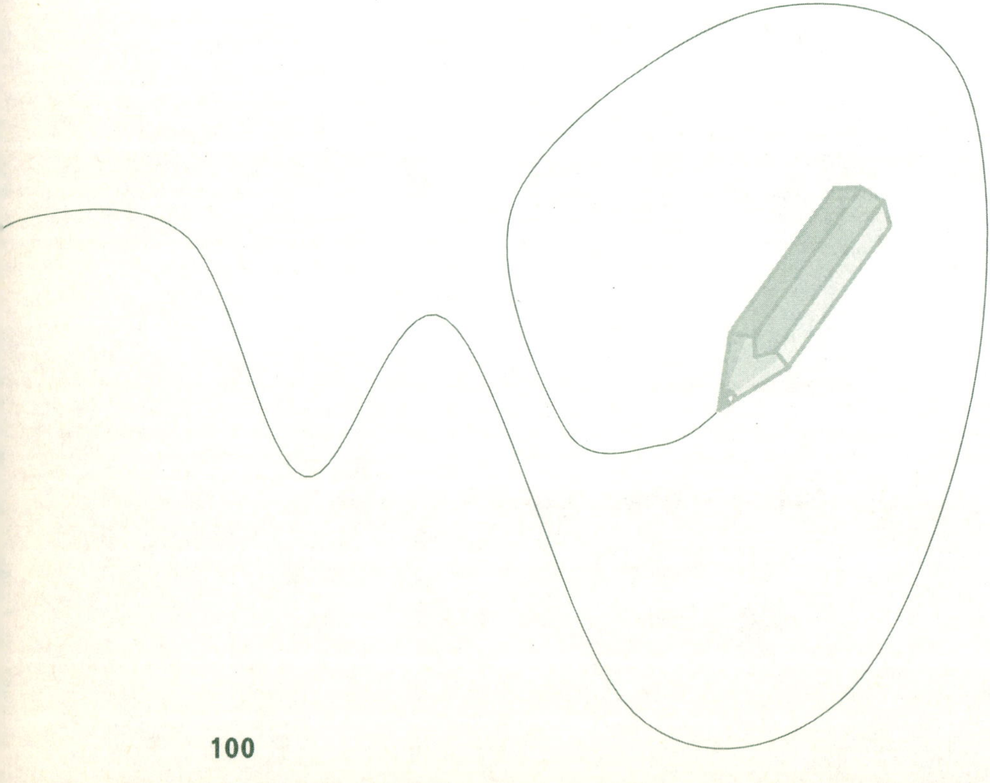

무지개

일곱 빛깔 무지개 산마루 있어
하늘나라 가고 싶어 달려가 보면
어느 틈에 멀어져서 산 넘어있네.
무지개는 천사들만 탈수 있나봐
하늘나라 선녀들만 탈수 있나봐
언젠가는 나도 한번 우주선타고
일곱 빛깔 무지개를 찾아갈 테야.

비 개이면 살며시 뜨는 무지개
그 빛깔이 너무 고와 달려가 보면
어느 틈에 멀어져서 산 넘어 있네.
무지개는 신비로운 꿈이 있나봐
하늘나라 내려주신 선물 인가봐.

언젠가는 나도 한번 우주선타고
일곱 빛깔 무지개를 잡아볼 거야.

큰사랑

엄마의 사랑은 얼마나 크기에
날마다 아낌없이 큰 은혜를 베푸셔도
늘 포근하고 따뜻한 마음일까
아마도 저 산보다 더 큰가 봐요

아빠의 마음은 얼마나 넓기에
날마다 큰 사랑을 우리에게 베푸셔도
늘 변함없고 인자한 마음일까
아마도 바다보다 넓은가 봐요

우리나라꽃

우리의 자랑스런 무궁화 꽃
예쁘고 아름답게 피었습니다.
무궁화 우리나라꽃 가꾸는 것은
빛나는 나라사랑 마음입니다

겨레 얼 굳게 지켜온 무궁화 꽃
삼천리 이 강산에 화려합니다.
무궁화 우리나라꽃 아끼는 것은
고귀한 겨레사랑 표상입니다

애 미

맴 맴맴 엄마매미
맴 맴맴 아빠매미
장단 맞춰 합창을 하네요.
맴맴 여름이 좋다고
맴맴 즐거웁게 노래해
여름가면 슬퍼서 매미들이 울겠다.

맴 맴맴 언니매미
맴 맴맴 오빠매미
목청 높여 노래하네요.
맴맴 여름이 왔다고
맴맴 정다웁게 노래해
여름가면 슬퍼서 매미들이 울겠다.

갓난아기

갓난아기
제일먼저 배우는 말은
엄마 맘마
엄마 맘마
말을 하는 그 모습이 정말 귀여워
갓난아기
제일먼저 잘하는 말은
아빠찌찌
아빠찌찌
말을 하는 입모양이 정말 예뻐요

부엉이야

우리아기 쌔근쌔근 잠 잘 자는데
부엉이는 부엉부엉 울고 있느냐
부엉부엉 부엉이야 그만 울거라
우리아기 시끄럽다 잠깨어 울라
아기 새는 아까 벌써 꿈나라인데
부엉이는 부엉부엉 슬피 우느냐
부엉부엉 부엉이야 그만 울거라
아기 새가 잠을 깨여 배고파 울라

우리 동네

매일 매일 만나 봐도 정다운 얼굴
구석구석 둘러봐도 참 좋은 동네
깨끗하고 더 멋있게 함께 가꿔요
오늘도 기분 좋은 아침을 열며
집집마다 웃음꽃이 피어납니다.
그냥그냥 스쳐가도 반가운 얼굴
골목골목 돌아봐도 참 멋진 동네
어려운 일 기쁜 일도 함께 나눠요
오늘도 활기차게 하루를 열며
거리마다 사람들이 물결칩니다.

편지

곱게 물든 단풍잎은 가을의 편지
내년 봄 새봄에 다시 핀다고
변함없이 예쁘게 보아달라고
낙엽이 되기 전에 써놓은 편지

유 정 동시집

구름은 참 이상해

초판 인쇄 2005년 11월 18일
초판 발행 2005년 11월 22일

지 은 이 유 정
펴 낸 이 권혁상
펴 낸 곳 시지시

등   록 제2002-8호(2002.2.22)
주   소 ㉿411-837 고양시 일산구 장항2동 749.
　　　　　코오롱레이크폴리스Ⅱ A동 419호
전   화 050-555-22222 / (031)812-5221
팩   스 (031)812-5121
홈 페 이 지 http://sijisi.com
이 메 일 sigaek@korea.com

값 6,000원